AF384270

INSPIRATIONS

OU

SCHIRIM

POÉSIES NOUVELLES

PAR

MOÏSE LION

PARIS

LIBRAIRIE ISRAÉLITE, 9, rue Notre-Dame-de-Nazareth;

chez la plupart des libraires des départements

ET CHEZ L'AUTEUR, A BEAUNE (CÔTE-D'OR).

IMPRIMERIE DE SCHILLER AÎNÉ, 11, RUE DU FAUBOURG-MONTMARTRE.

INSPIRATIONS

OU

SCHIRIM

POÉSIES NOUVELLES

PAR

MOÏSE LION

PARIS

LIBRAIRIE ISRAÉLITE, 9, rue Notre-Dame-de-Nazareth ;
chez la plupart des Libraires des départements
ET CHEZ L'AUTEUR, A BEAUNE (CÔTE-D'OR).

1862

Paris. — Imp. Schiller aîné, 11, rue du Fanb.-Montmartre.

PRÉFACE

Ces fragments de poésie ont été écrits en face des choses et des
événements, au moment de l'émotion, sous l'éclair de l'idée même
qu'ils reflètent.

Ici donc, tantôt la nature, tantôt l'homme, tour à tour l'art et la
science, le présent et le passé, la gratitude et l'indignation, la joie et
la peine, sont interprétés dans un chant rapide ou dans un simple
murmure. Point de fiction; l'œuvre divine est tellement sublime
et l'œuvre humaine tellement saisissante, que la fiction affaiblit ou
défigure inévitablement les vérités éternelles et les vivantes réalités.
La marche constante et progressive du genre humain, aspirant à la
perfection sans jamais l'atteindre, c'est là ce qui a dicté ces *Inspi-*
rations.

Au fond, ce que l'auteur a tâché de faire prédominer dans son
œuvre, c'est ce qui prédomine aussi dans la création : l'hymne de
l'avenir et de l'infini. Soutenir l'âme isolée et l'humanité entière,
leur donner la foi au Très-Haut, la foi en elles-mêmes, c'est créer
une force immortelle qui les anime et les dirige, c'est les douer
de ce qui rend intelligent, juste et bon. Puissant ou faible, tout
poëte peut tenter cette œuvre : le triomphe est acclamé par l'homme,
l'insuccès est compté devant Dieu.

MOÏSE L+ON.

INSPIRATIONS OU SCHIIRIM.

I

LUMIÈRE.

O lumière ! flot d'or qui d'ivresse m'inondes ;
Doux sourire d'en haut, voile, immatériel ;
Hymne révélateur des mystères des mondes ;
Eclair du Dieu vivant, qui fécondes le ciel !

Je t'aime et te bénis dans l'herbe et dans l'espace ;
Car en toi l'Etre aimant, et rayonnant, et bon,
De lui-même à son œuvre empreint la belle trace
Et fait à toute vie un ineffable don.

Et vous, ô nids ailés, sphères, mondes sans nombre,
Terres, lunes, soleils, tentes d'azur ou d'or ;
Dieu vous fit lumineux dans l'immensité d'ombre,
Pour unir l'astre et l'âme, et charmer leur essor...

Cygne, Orion ou Lyre, Algol et Sagittaire,
Qu'importent ces vains noms bégayés du passant ?
La lumière et l'amour n'ont rien de solitaire ;
Nous n'avons qu'un seul nom : Tribus du tout-Puissant !

Séraphs ! que sommes-nous pour vous, célestes frères ?
Vous donnez les rayons, qu'aurez-vous en retour ?
Ah ! puisque nous pouvons savourer vos lumières,
Vous, ne pourriez-vous point savourer notre amour ?. .

Ce qui nous charme en vous, ce qui de vous rayonne,
Comme un libre bienfait, dans le fond de mon cœur,
C'est que votre éclair d'or sans nul détour se donne
A l'âme, à la matière, au cèdre, à l'humble fleur ;

C'est le calme indicible et c'est l'hymne rapide
Des mille harpes d'or, aux accents forts et doux,
Dont le chant lumineux, immortel et splendide.
Du vieillard à l'enfant émeut chacun de nous ;

C'est ce langage aimé de tout ce qui respire,
Et compris de tout être et si mélodieux,
Qui répond à mon âme, à l'heure où je soupire,
Par l'hymne universel que chantent tous les cieux ;

C'est de savoir, Chérubs, que partout sur la terre,
Nos pères ont béni dans l'exil vos rayons,
Et d'aimer en vous tous, d'une tendresse austère,
De célestes amis que toujours nous voyons.

Eternel ! Eternel ! Tout-Puissant ! Seigneur ! Père !
Tu fais dans mon néant descendre l'infini...
Les cieux sont dans mon âme... Ah ! tout mon être espère ;
Puisque je l'aime tant, ton rayon m'a béni...

II

AUBE.

L'aube rouvre les cieux ! Les cieux disent à l'âme :
« Toute aube et tout couchant sont immortels et doux.
» Lorsque dans l'infini, comme un cygne de flamme,
» Pour vous le soleil plonge, aigle, il se lève en nous ! »

Les blanches fleurs des prés, les bleus torrents des pentes,
Et des lacs aux bords verts le champ d'azur dormant,
Et des ruisseaux cachés les ondes murmurantes,
Réflètent, pâle encor, le naissant firmament...

Un pur éclair du jour frappe la haute cime;
La neige resplendit ; le roc est frangé d'or ;
Un chant de réveil monte, immense, ardent, sublime,
Des vallons et des bois voilés de brume encor...

L'insecte des buissons, l'oiseau dans le feuillage,
Aux champs la bête fauve et l'homme sous les toits,
Et jusqu'au fond des mers le flottant coquillage
Et les monstres sans nom, s'éveillent à la fois.

Tous retrouvent le jour, le mouvement, l'espace,
Pour nager, pour bondir, pour planer librement;
Et moi, dont le regard ou l'esprit suit leur trace,
Je suis plus libre encor sous notre firmament.

Je savoure, comme eux, la vie et la lumière;
Mais je monte plus haut dans l'infini milieu,
Et mon âme ouvre l'aile, et la nature entière
La berce tendrement sur l'océan de Dieu.

Et mon âme s'élance, et mon âme s'écrie :
« Je suis l'être immortel de l'Eden ravissant !
» Tout l'immense univers est ma belle patrie!
» J'aime l'éternité! j'aime le Tout-Puissant! »

La terre est parfumée et la nue étincelle!
Mon Dieu, que de bonheurs dans la création!
Et chaque aube, ô Seigneur, pour nous la renouvelle!
Et tu ne veux qu'amour et qu'adoration!...

Toi qui nous rends à tous la vie avec l'aurore,
Pour resplendir d'espoir sous les splendeurs du ciel,
Eternel! parmi tout ce qui t'aime et t'adore,
Ah! laisse-moi, Seigneur! dire : « Ecoute Israël!... »

III

COUCHANT.

Quelle paix sous les cieux et quelle ardente vie !
Tout dans l'immensité voile donc la douleur ?
Le couchant est splendide et mon âme est ravie :
Qui donc me fait aimer la nuée et la fleur ?...

Entre les épis d'or j'entends une alouette ;
Un long susurrement plane sur le gazon.
Ah ! d'où vient que mon cœur bat plus vite et répète
Les bruits mêlés et doux du vivant horizon ?...

Au pied de la montagne un ruisseau glisse et chante ;
Il dit je ne sais quoi de paisible et de bon.
Pourquoi trouvé-je à l'onde une voix si touchante ?
Comment met-elle en moi l'espoir et l'abandon ?...

Labana calme et pure à l'Orient se lève ;
Un hymne de mon sein jaillit à sa clarté.
Mon Dieu ! par quel prodige est-ce qu'à Toi je rêve,
Dès que l'astre des nuits dans l'espace est monté ?...

— C'est Toi, Seigneur, c'est Toi qui dis à la lumière
Et qui dis au murmure, et qui dis au parfum :
« Allez, doux messagers, dans la nature entière
» Proclamer l'ETERNEL et réfléter l'ETRE UN. »

IV

NOS DEUX PATRIES.

On nous dit : Vous marchez, foule aveugle et flétrie,
D'esclavage en exil, sans but et sans patrie !
Malgré tous les progrès et les espoirs fictifs,
Vous êtes poursuivis, ou vous êtes captifs ;
Et orsqu'on vous abrite et que l'on vous tolère,
C'est l'hospitalité qu'au proscrit séculaire
Offre une nation auprès de son foyer,
Sans que l'humble étranger puisse en rien la payer !

Répordons : Dans la peine ainsi que dans la joie,
Où se portent nos pas, le Très-Haut nous envoie !
Esclave ? — On ne l'est pas quand on meurt pour l'autel...
Exilé ! — Dieu veut-il un proscrit immortel ?...
Captifs ? — Quand dans le cœur l'espoir à jamais vibre,
Sous le poids des fers même un peuple est toujours libre !

Poursuivis ! — Il est vrai, par les hommes sans loi,
Qui craignent l'espérance et méprisent la foi...
Mais partout respectés et contemplés des cimes
Par les plus vrais croyants et les penseurs sublimes,
Mais affranchis partout de nos trop longs exils
Par les nobles pouvoirs et les peuples virils,
Lorsque nous rencontrons la terre hospitalière,
Nous lui donnons notre âme et sa tendresse entière,
Sans renier jamais un seul persécuté
Qui souffre pour le bien et pour la vérité :
Et, loin d'être étrangers dans les foules mûries,
Nous avons sous les cieux deux sublimes patries ;
Le sol natal et cher que nous servons debout
Et l'immense avenir, hospitalier partout.

V

MISSION.

C'est le siècle ou jamais. Notre affranchissement,
Depuis les temps nouveaux, marque l'avénement,
De tout ce qu'il se fait, de tout ce qu'il se fonde
De vraiment équitable et de grand dans le monde.

Chaque fois que s'écroule un temple de faux dieux,
Qu'un cri d'immense espoir retentit sous les cieux,
Que le bien seul triomphe et que le droit se lève,
Que Dieu, du genre humain réalise un grand rêve ;
C'est un jour de réveil, sous quelque point du ciel,
Pour les fils dispersés des tribus d'Israël.

De cette élection, ô frères, soyons dignes !
Élargissons nos cœurs ! Répondons à ces signes !
Marchons vers l'avenir, sans crainte et de concert,
Comme vers Chanaan nous marchions au désert !

Nous, pélerins du globe et voyageurs des âges,
Qui restons un seul peuple avec mille langages ;
Nous, les contemplateurs de la création,
Qui mesurons le sort detou te nation ;
Nous qui partageons tous, des pauvres multitudes,
Les labeurs, les espoirs et les inquiétudes ;
Nous, les captifs d'hier, qui songeons à demain ;
Les croyants attentifs aux pas du genre humain ;

Les enfants de ce siècle et les fils de la Bible ;
Les témoins du Très-Haut, le peuple indestructible ;
Levons-nous ! Levons-nous ! plus nobles qu'à Sion ;
Notre inouï destin dit notre mission...

Nous avons tant souffert de l'immense tourmente,
Que l'exil nous a fait une âme plus aimante ;
Nous avons tant lutté pour survivre debout,
Que les humbles martyrs sont nos frères partout ;
Nous avons tant subi de haines séculaires,
Que nous prenons pitié des humaines colères ;
Nous avons tant d'espoir dans l'avenir béni,
Que nous y pressentons un Eden infini ;
Nous avons tant trouvé de défenseurs sublimes,
Qu'ils nous font lumineux les plus sombres abîmes ;
Nous avons tant prié sur les sentiers divers,
Que nous adorons mieux le Dieu de l'univers ;
Nous avons, malgré tout, à travers nos détresses,
Conservé tant de foi, goûté tant de tendresses,
Rencontré tant de bien, savouré tant de jour,
Que notre âme n'est plus qu'une harpe d'amour...

Faisons-la retentir, universels prophètes,
Sous tout ciel radieux, dans toutes les tempêtes !
Soyons du genre humain les plus sublimes voix,
Nous les pieux gardiens de la loi de ses lois !

Ne nous asseyons plus sur le roc solitaire !
Fécondons de nos mains les champs nus de la terre !
Comme des hôtes bons, comme de nobles fils,
Servons l'humanité, servons notre pays !
Cherchons les vérités dont la grande lumière
Rayonne vers toute âme et sur la terre entière !
Faisons les actions dont le beau souvenir
Jette un vivant reflet jusque sur l'avenir !

Soyons tout dévoués aux frères d'autres cultes
Et respectons leur foi, mais d'un respect d'adultes !
Osons penser tout haut ! entr'ouvrons notre cœur
Et montrons qu'il ignore à tout jamais la peur !
Déployons au grand jour, dans les heures d'orage,
Le rayonnant drapeau d'un immortel courage,
Et regardons de face et de près, en tout lieu,
Les œuvres des mortels et les œuvres de Dieu ! ...

Tentons, saints messagers, du couchant à l'aurore,
Une œuvre plus sublime et plus vivante encore !
Convions, convions toute l'humanité
A remplir d'un seul hymne enfin l'immensité !
Disons aux nations : « Sans briser un symbole,
» Qu'en un seul cri votre âme au firmament s'enrole !
» Que l'Orient immense et l'immense Occident
» Le Nord et le Midi, dans un cantique ardent,
» Proclament chaque année, au même jour, le Père
» Dont tout homme est l'enfant, en qui toute âme espère !...»

VI

A LOUIS WIHL.

Je suis l'homme simple qui marche
Sans peur, sans orgueil et sans fiel ;
Comme autrefois le patriarche,
Aimant les sources et le ciel.

Je suis, dans la foule voilée.
Le passant pour qui tout front luit,
Et qui lit la Bible étoilée
Aux petits enfants dans la nuit.

Je suis de la jeunesse franche
L'ami souriant et connu ;
Je suis de la vieillesse blanche
Le soutien toujours bienvenu.

Je suis le chercheur sans vain faste,
Aux yeux pleins de sérénité,
Qui, dans la création vaste,
Voit l'amour sous la vérité.

Je suis le guide, jeune encore,
De plusieurs, dans ce monde obscur ;
J'ai dans l'âme un reflet d'aurore
Pris aux cimes du temps futur.

Je suis du penseur le bon frère,
J'aime les fleurs du cœur humain...
Grand Psalmiste d'une autre terre,
O Nabi, donne-moi la main !

VII

LES KATHAS.

Sur les confins ombreux du blanc désert sans herbe,
Un fils de l'Orient — esprit de feu, superbe, —
Voit un jour s'envoler quelques chétifs oiseaux,
— Des kathas, au cri dur, — du milieu des roseaux.

« Paix, dit-il, à la source où se double le monde !
» Amours aux verts palmiers qui nous ombragent l'onde,
» Sois béni, doux bulbul, dont les refrains ailés
» Ressemblent aux rayons des grands cieux constellés !
» Gloire encore au lion, maître des solitudes,
» Si calme dans sa marche et dans ses attitudes !
» Car, si j'aime l'onagre errant sur l'herbe d'or,
» Devant son ennemi du moins j'admire encor...
» Mais cet oiseau lugubre, avec sa voix étrange,
» Semble tacher l'azur, de ses ailes de fange,
» Et, comme un doute noir dans un rêve de feu,
» Voler, pour le ternir, à travers le ciel bleu ! »
. . . .
. . . .
. . . .

Bien des jours ont passé... Voici la solitude
Que tout homme regarde avec inquiétude :
Un océan de sable écumant d'os de morts,
Si vaste que les yeux n'en peuvent voir les bords ;

Une mer dont les flots, muets, mornes, arides,
Gardent les plis de l'air et se figent en rides ;
Un espace où les monts et les vallons mouvants,
Sans ombre et sans fraîcheur, errent avec les vents ;
Une arène effrayante, où nul objet n'abrite,
Où le soleil vous mord, la brise vous irrite,
L'immensité vous couvre, ainsi qu'un blanc linceul,
Et l'ange de la mort vous dit : « Je te vois seul... »

Un homme est là. Son pas trahit l'incertitude.
Nul chemin... l'infini, la peur, la solitude
Pèsent de plus en plus sur son cœur effaré ;
Il jette un cri poignant : « Dieu ! je suis égaré... »

Il marche tout le jour. Et d'eau son front ruisselle ;
Et le soleil écrase, et le sable étincelle ;
Et l'azur prend les yeux, et l'air chaud resplendit,
Et le silence augmente, et le désert grandit...

Il marche jusqu'au soir ; et le couchant s'allume.
Le ciel est empourpré, le désert rougi, fume ;
L'horizon, que la nuit vient lentement brunir,
A l'infini du ciel semble vouloir s'unir ;
La lune calme monte, au loin, dans l'azur sombre ;
Les groupes dispersés des étoiles sans nombre
Jaillissent par degrés dans le ciel noir et pur...
De chaque astre qu'il voit paraître dans l'azur,
De chaque pas qu'il fait sans laisser une trace,
De chaque ombre qu'il croit atteindre dans l'espace,
Le pèlerin espère, il ne peut dire quoi ;
Mais le désert nocturne obéit à sa loi.

La brise effleure à peine et ne meut point le sable.
D'abord, tout est silence... Un seul cri formidable,
Qui dans l'immensité résonne longuement,
Ensuite éveille tout : c'est un rugissement...

Et partout l'on entend, par la peur amenées,
Des fuites à grands bonds, des courses effrénées ;
Et l'on voit, aux lueurs du pâle astre des nuits,
S'aplatir la panthère, épiant tous les bruits ;
Et l'autruche, dont l'ombre à travers l'air s'élance,
Franchir les scorpions qui rampent en silence ;
Et les troupeaux errants des voraces chacals
Se tapir dans le fond des buissons de nopals ;
Et les serpents, troublés, lever soudain la tête,
Pour siffler ou pour mordre un fuyard qui s'arrête ;
Puis tout retombe encor dans l'apparente paix,
Et le désert devient plus morne que jamais.

Seulement, par instants, aux buissons étincelle,
Tout près du pèlerin, une ardente prunelle ;
Quelque tigre l'observe, au sillon gris ou bleu,
Et voudrait l'attirer sous son regard de feu :
La bête fauve hait, ou redoute peut-être,
L'homme encore debout, son ennemi, son maître...

Il passe cependant... Un plus affreux danger
Depuis longtemps, hélas ! plane sur l'étranger.
Il ressent une soif immense, inexorable,
Une soif à mourir sur l'ardent lit de sable...

La nuit est révolue. Une mer d'ambre et d'or
Se lève à l'orient ; puis, d'un rapide essor,
Le soleil grandi monte au bord du ciel splendide...
Le voyageur parcourt, dans un coup d'œil rapide,
Tout l'espace visible et par le jour ouvert :
Il ne voit pas un flot et pas un rameau vert.

Tombé de désespoir, dans sa fatigue immense,
Il accepte la mort ; mais aussitôt il pense
Que des êtres chéris attendent son retour,
Et se dit : « Essayons encor, pour leur amour ! »

Il prie ; et son regard au firmament s'éléva...
Seigneur ! Seigneur ! Seigneur ! ce n'est point un vain rêve ;
Debout, les yeux au ciel et l'âme dans les yeux,
Il contemple un instant le vol mystérieux
D'une troupe d'oiseaux, puis les suit à la course.
Il voit surgir soudain des indices de source...
Les kathas l'ont guidé. Des arbres et des fleurs,
Et l'onde, et les fruits d'or, tout est là... Dans les pleurs,
Il s'écrie : « O mon Dieu, que ta voie est sublime !
» Enfant je blasphémai ta droite magnanime,
» Un jour, en méprisant une œuvre de ta main ;
» L'oiseau maudit par moi m'a pris sur le chemin
» Où j'allais succomber, et du fou qui défie
» Il te venge, Éternel, en lui sauvant la vie...»

Qui de nous, par moments, comme ce voyageur,
N'a trouvé quelque objet qui fut le doux vengeur
De Celui dont les lois d'amour et de lumière
Rayonnent en tout sens et n'ont point de barrière !...

VIII

A PROPOS DES PERSÉCUTIONS DE PRAGUE.

Que de noirs horizons où la vie est flétrie,
Où l'on partage en deux une seule patrie,
Où l'on met les enfants — âmes encore en fleurs, —
Là parmi les proscrits, là chez les proscripteurs!

Jeter un nom abject, ainsi qu'un masque immonde,
Afin de l'isoler, au pontife du monde;
Enfermer au ghetto, comme un pauvre dément,
Le prophète immortel qui n'a qu'un hymne aimant;
Frapper d'un interdit aveugle et séculaire
Le peuple lumineux dont la foi les éclaire;
Enchaîner la pensée, étouffer l'action
Du noble premier né de la création;
Lui dénier les cieux, lui dénier la terre;
Diffamer son espoir, sa foi, son caractère;
Telle est encor hélas! l'action, contre nous,
Des pouvoirs odieux et des serfs à genoux...

Et les fils d'Israel à voix libre et sublime
A peine osent parler... de peur qu'on fasse un crime
De leurs accents virils, pleins d'espoirs enflammés,
Dans les pays de haine, aux frères opprimés !

Et ceux qui — grandissant au milieu de l'orage —
Conservent dans leur âme un immortel courage,
Et donneraient leur vie et leur éternité,
Pour douer l'avenir d'amour et d'équité,
Devant l'oppression, le mépris, le rapt même,
Restent silencieux, malgré le roit suprême,

Pour ne point alourdir le joug si douloureux
Sur le front des proscrits qui souffrent autour d'eux...

Et ceux qui rejetant — comme une entrave indigne —
La crainte du présent, se lèvent à tout signe,
Et sur le monstre affreux — partout et quel qu'il soit —
Appellent la justice et dirigent le doigt ;
Ceux-là qui bravent tout et qui disent : « Périsse
» Notre paix à jamais, plutôt que la justice !
» Jetons la calomnie et la proscription
» Sous la lumière enfin ! et toute nation
» Reculera d'horreur devant leur face immonde,
» Et nous aurons sauvé tout l'avenir du monde... »
Ceux-là, sur l'horizon, souvent, avec douleur,
Attendent vainement un écho de leur cœur,
Et la voix où leur âme à toute âme s'élance,
Expire obscurément dans l'infini silence...

C'est pourquoi je m'assieds dans la foule à l'écart
Et pourquoi je suis prêt à toute heure au départ...

Le chantre aux harpes d'or, le roi, le grand psalmiste,
Pour ses maux passagers, s'écriait : « Je suis triste ! »
Eternel ! Eternel ! moi le psalmiste obscur,
Mon ciel est moins splendide et mon sentier plus dur ;
Mais, si j'ose crier du fond de mon abîme :
« Pourquoi m'abandonner ? » — c'est ton peuple sublime
Qui parle dans ma voix, moi néant sous ton ciel
Et qui ne retentis que du cri d'Israël...

IX

EXHORTATION.

Qui veut dompter le mal et créer l'espérance,
Qui veut franchir le temps et voir l'éternité,
Qui veut grandir sa foi, qui braver la souffrance,
S'illumine de charité !

Qui veut, même ici bas, élargir sa paupière,
Qui veut devenir fort, se vêtir de beauté,
Qui veut sanctifier ses pleurs et sa prière,
S'illumine de charité !

Qui veut se faire ouvrir l'âme des pervers même,
Qui veut la paix du cœur, qui la félicité,
Qui veut que le Très-Haut parmi ses anges l'aime,
S'illumine de charité !...

X

VALLÉE DE THUN

EN FACE DES MONTS APPELÉS

LES MOINES, LA VIERGE, LE NIESEN.

Écrit à la lecture de la nouvelle que l'Assemblée constituante du canton de Vaud vient de proclamer l'égalité complète de tous les cultes dans cette partie de la Suisse.

Voici le val sublime où le lac solitaire
Réfléchit un ciel pur dans son flot transparent ;
Où ne s'entend, la nuit, d'autre bruit de la terre
Que le soupir de l'herbe et la voix du torrent.

Ici, sur le flot bleu, la berge verte incline
Les ifs de la bruyère et les buissons alpins ;
Là, fermant l'horizon, une abrupte colline
Suspend le long du lac ses forêts de vieux pins.

Des villages épars et qui dorment, paisibles,
Sous les saules penchants et sous les peupliers,
Dans l'ombre des grands monts sont à peine visibles
Sur le bord des ruisseaux autour d'eux repliés.

Les mugissants troupeaux de bœufs et de génisses
Errent dans l'herbe haute et broutent librement ;
Des chèvres, sur les rocs, au bord des précipices,
Jettent leur profil noir dans le bleu firmament.

Au loin, le Moine sombre, et que la brume assiége,
Regarde, par-dessus les coteaux bruns ou verts,
La Vierge, au front de qui flotte un voile de neige
Dont les siècles jamais n'ont vu les plis ouverts.

Un château féodal, plein d'ombre et de mystère,
Suspendu tristement au milieu des forêts,
Est là comme un témoin farouche et solitaire
Du passé douloureux, qui garde ses secrets.

Des pentes du Niesen, vertes jusqu'à la cime,
— Par l'aurore vêtus de pourpre et de clarté —
Quelques calmes châlets se penchent sur l'abîme,
Pareils à des rêveurs devant l'immensité !

La fille d'un pêcheur, dont la barque dérive,
Contemple les sommets dans l'onde et dans les cieux ;
Sur un sentier désert, j'erre au long de la rive ;
Entre les arbres monte un pâtre insoucieux.

Un long frémissement agite les prairies ;
On entend des soupirs, des frôlements, des voix ;
Cent mille être vivants, dans leurs mille patries,
Se parlent sur les monts, sous les flots, dans les bois.

Et, du ciel infini jusqu'à cette humble mousse
Qui grandit dans les flots, loin de qui nous semons,
Une voix ineffable, incomparable, douce,
Chante languissamment : Aimons, aimons, aimons !

Et, debout sur les bords du lac plein de lumière,
Lisant avec bonheur une loi d'équité,
Je vois plus belle encore la terre hospitalière
Qui sort de la nuit sombre et se vêt de clarté...

Naguère ils inscrivaient sur la haute limite
Du champ majestueux où Dieu les installa :
« Aux peuples dans l'exil région interdite ! »
Ou : « Proscrits fatigués, on ne s'assied pas là ! »

Mais ils font aujourd'hui de leurs splendides cimes,
— Longtemps nids de vautours isolés dans le ciel —
Pour tous les opprimés, des refuges sublimes :
O Jéhovah ! bénis ces hôtes d'Israël !...

XI

INDIGNATION.

.

Écrit sous l'impression de la circulaire adressée par le ministre de l'intérieur de Valachie, Orbesco, aux préfets du cercle de cette principauté.

Entendez-vous là-bas, sous ce beau firmament,
L'orage de l'exil qui gronde sourdement ?

Voyez ! hier le Tchèque, aujourd'hui le Valaque,
— Sans que rien, sous le ciel, justifie une attaque —
Tout-à-coup brisent l'âme, au milieu de la paix,
De nos pauvres tribus qui ne luttent jamais.

Ce peuple, jeune encor, devant la terre entière
Revendique longtemps sa place à la lumière.
Il parvient à gagner à la fin l'unité,
Le calme et l'espérance ; il est ressuscité ;
Il se donne un pouvoir. — O contraste sinistre ! —
Devant la nation, par la voix d'un ministre,
Ce pouvoir inaugure un règne tout nouveau
En proclamant ceci : « La terre, l'air et l'eau
» Sont interdits aux Juifs ; l'Hébreu ni sa compagne,
» Ni leurs fils ne pourront habiter la montagne,
» Habiter la vallée, habiter la cité,
» Comme enfants du pays baignés de liberté ;
» Ils seront à jamais parqués par notre envie,
» Sur tel point, dans tel sort, étrangers pour la vie
» A ce qui fait tout l'homme : au choix indépendant
» De son propre travail. Expulsez cependant ! »

Palais de nation construit avec extase,
C'est un décret d'exil qu'ils scellent dans ta base,
Oubliant que leur peuple a besoin d'équité
Et qu'on n'en doit point dire : Il a persécuté ! »

Regardez les pays de vie et d'espérance :
Albion la puissante, et notre grande France !
Ah ! ce qui les a faits libres et triomphants,
C'est leur égal amour envers tous leurs enfants.
Mais où l'on dit encor : « Juif! giaour ! esclave ! »
En vain l'on est habile, en vain même on est brave ;
— Dans Rome, dans Stamboul, dans l'Union, partout, —
On n'est pas un vrai peuple : on n'est pas tous debout. .

O prince ! et toi, ministre, écoutez ! l'injustice
Qu'un peuple neuf commet, devient son précipice.
Exclure un seul enfant du plus humble métier,
C'est jeter hors des lois le travail tout entier ;
Exiler de son champ le fils pur d'un village,
C'est du sol natal faire un odieux partage ;
Mettre au ban du pays un homme pour l'autel,
C'est planter un U pas à l'ombrage mortel...

Défendre le travail, le travail de la terre !...
Ah ! quand l'oppression revêt ce caractère
Qu'elle interdit le champ, le vignoble, le pré ;
Levons-nous ! levons-nous ! — c'est un devoir sacré —
Nous tous qui possédons une chère patrie,
Levons-nous et mettons notre âme et notre vie
A réprimer, enfin, ces immenses forfaits
Qui propagent la haine et la lutte à jamais.

XII

CHANT D'EXIL MOLDO-VALAQUE.

Plût à Dieu que ce fût un rêve!

Aux reflets chatoyants des fleurs et de l'ombrage,
Dans les riants vallons, sur les bords enchantés,
Le départ sans retour brise notre courage
Et des pleurs de détresse à nos yeux sont montés...

Ah! comment oublier l'accent de la patrie,
Et nos premiers aînés, ces fronts toujours présents?
Où retrouver la tombe où l'on pleure et l'on prie,
Et les seuils tant franchis, et les amis absents?...

Sur la terre étrangère, où chaque pas dévie,
Que chercheront nos cœurs, que chercheront nos yeux?
Ah! l'exil c'est la mort, c'est la mort dans la vie,
Sans la paix de la tombe et sans la paix des cieux...

Etre d'humbles proscrits, c'est errer par les terres
Comme un troupeau sans guide, affamés, demi nus;
C'est voguer au hasard sur les flots solitaires
Et c'est venir s'asseoir au seuil des inconnus...

Que feront les vieillards, que deviendront les femmes
Et les frêles enfants jetés hors de leurs nids?
Plus nous aimons, Seigneur! plus se brisent nos âmes:
Chacun souffre dans tous des tourments infinis...

O Très-Haut, prends pitié de ces pures victimes!
Si tu nous délaissais, où serait notre appui?
Avec des jours affreux tu fais des jours sublimes:
Sois le Dieu d'autrefois des bannis d'aujourd'hui..

———

XIII

CHANGEMENT D'HORIZON.

Qui sait d'où vient l'extase où le flot pur me plonge
Pourquoi j'ai des accents par la cime inspirés,
Et comment les gramens balancés dans les prés
D'un reflet du Très-Haut illuminent mon songe ?

Mais sous les arbres verts, entre quelques buissons,
Quand le feuillage tremble, effleuré par la brise,
Et que de rayons d'or le flot chantant s'irise,
Je sais que l'âme s'ouvre et change d'horizons.

Plus d'homme alors qui frappe et plus d'homme qui ploie ;
Je ne vois qu'un beau globe, où notre humanité
Chemine avec espoir, amour et fermeté,
Et cherche la justice, et la force, et la joie.

Alors s'évanouit la forme de l'erreur ;
Et sous mes yeux rayonne, immense, indestructible,
Écrit du doigt divin, le vrai toujours visible,
Dans l'âme et dans le corps, dans l'astre et dans la fleur.

Alors l'immensité me parle ces langages,
Du beau, de l'immortel, du lumineux, du grand,
Qui pénétrent le cœur et que l'esprit comprend,
Et qui restent vivants à travers tous les âges.

Alors le doute même — éclair brûlant d'amour
Dardé sur l'inconnu dans la recherche ardente —
N'est que le vol puissant de l'âme indépendante,
Par le gouffre et la nuit, vers les cieux et le jour.

Alors plus de bonheur ni d'espoir qui s'efface ;
Mais, dans l'ordre insondable où tout germe et survit,
Un souffle d'avenir, qui caresse et ravit,
Nous emporte, éperdus, dans le temps et l'espace.

Alors je me relève et je me sens plus fort ;
Et je souris à l'homme, et je souris au monde ;
Et l'esprit du Très-Haut me pénètre et m'inonde ;
Et j'ai dompté la vie, et j'ai dompté la mort...

XIV

LES BONS OUVRIERS.

A. M. J. COHEN.

Soldats du Tout-Puissant, tribuns de l'opprimé,
Nous marchons tout pensifs, ô frère bien-aimé,
A travers les efforts et les inquiétudes :
Amis mystérieux des pauvres multitudes
Qui suivent en tout temps, parfois sans le savoir,
Ceux à qui Dieu permet de comprendre et de voir.

Nous marchons et cherchons, comme Abram et Moïse,
Pour tous les affligés, quelque terre promise,
Où la vérité pure et la sublime paix,
Et la douce équité rayonnent à jamais ;
Où la douleur ne vienne à l'homme si fragile,
Que des éléments seuls heurtent son corps d'argile.

Heureux le patriarche et le prophète ardent !
La foudre était leur glaive et Dieu leur confident ;
Abram guidait ses fils attachés à sa trace,
Moïse des proscrits isolés dans l'espace ;
Envoyés du Très-Haut, ils dépassaient les rois ;
Ils avaient le pouvoir et formulaient des lois ;
Dans les heures de lutte et de péril suprême,
Ils cherchaient les conseils du Tout-Puissant lui-même ;
Devant eux l'avenir s'ouvrait tout lumineux,
Et le doute — aigle noir — ne planait point sur eux.

Mais nous, mais aujourd'hui ? — Dans la terrible foule,
Chacun de nous devient comme un flot de la houle.
Nous jetons notre espoir et perdons nos accents
Dans l'immense tourmente aux remous incessants ;

Nous semons le grain d'or de toutes nos pensées
Dans le grand tourbillon des masses dispersées ;
Nous suivons du regard et suivons de l'esprit
Plus d'un peuple qui naît et plus d'un qui périt ;
Mais nous-mêmes, hélas ! oscillons avec l'onde
Qui bat l'orageux siècle et fait tanguer le monde ;
Et, jetés tour à tour des gouffres au haut lieu,
Tous nous n'entendons plus que les échos de Dieu...

Gravissons cependant, gravissons notre cime.
Qu'importe le destin, quand le but est sublime !
Plus la route est pénible et l'homme indifférent,
Plus marcher devant lui, pour sonder l'ombre, est grand

N'est-il plus de douleur et plus de violence,
Pour que sur nos sentiers nous errions en silence ?
N'est-il plus d'affreux doute et plus d'obscurité,
Pour dormir sous la tente, hommes de vérité ?
N'est-il plus de refuge à bâtir pour la veuve,
Pour quitter le travail et rêver près du fleuve ?

Tu le sais bien, ami : seul, parmi les flots,
L'homme fort est debout quand le vent bat les flots ;
Le juste, sans chercher quel regard le contemple,
Se précipite au bien ; le penseur, sans l'exemple,
Glane les vérités dans les champs du Très-Haut ..
Et jamais leur effort ne peut être en défaut ;
Car c'est pour ces labeurs et cette indépendance
Qu'ils sont les ouvriers chers à la Providence...

XV

LE PERCEMENT DE L'ISTHME DE SUEZ.

A FERDINAND LESSEPS.

I.

Désir mystérieux de voir et de connaître,
Ardent et doux besoin de s'entr'aimer peut-être,
Ineffable idéal de splendide unité,
Soif du beau, soif du vrai, soif de félicité,
Tout dit aux nations : « Pour vous rejoindre toutes
» Et pour grandir ensemble, ouvrez, frayez des routes ! »

Mais quelquefois la foule ose accomplir si peu,
Qu'elle erre trois mille ans, sans sortir de son vœu.

Soudain paraît un homme... et ce jouet des ondes
Illumine, à lui seul, des siècles et des mondes !
De tout le genre humain il s'incarne l'esprit,
Et fait ce que personne en nul temps n'entreprit !
Oui ! le pauvre mortel, quand il veut et qu'il pense,
Quelquefois est plus grand que tout un peuple immense ;
Car Dieu paraît aimer, pour l'œuvre d'avenir,
De bien humbles passants qu'il touche et fait venir.
Voyez Rome la forte : elle a régi la terre,
Quel bien a-t-elle fait ?... Mais l'homme solitaire,
Le voyageur pensif qui demandait son pain,
— Colomb — dévoile un monde aux yeux du genre humain,
Triple les mers, le sol, les nations, l'espace,
Et laisse un nom si grand que Rome auprès s'efface...

Et de nos jours encor... Le rêve antique et grand
D'orgueilleux Pharaons et d'un fier conquérant,
Le gigantesque espoir qui sans fin, d'âge en âge,
Comme un effrayant leurre, appelle et décourage
Les peuples aux longs jours et les rois tout puissants,
Ce rêve s'accomplit par un de ces passants
Que ne trouverait point une humaine prudence,
Mais qu'entre tous élit un jour la Providence.

Un Français, au désert, près du gouffre béant,
Se dit : « Je tenterai cette œuvre de géant ! »

II

Et l'œuvre s'accomplit. Le désert se dérobe.
Le genre humain commence à se tailler son globe.
Trois mondes à la fois verront tomber leur frein ;
Les mers obéiront au signal souverain ;
L'obstacle incomparable et vieux comme la terre,
Où venait se heurter, comme à l'écueil austère,
Depuis quatre mille ans le flot du genre humain,
L'isthme fatal et nu, s'écroulera demain...
Le courage et l'esprit ont pris à corps l'abîme
Et mènent l'océan par la brèche sublime.
Cent peuples, tout saisis, sentent en ces moments
Se rapprocher leurs flots, leurs champs, leurs firmaments ;
L'humanité tressaille... et, plus libre et plus belle,
Fait entendre en ce jour son grand battement d'aile ;
Elle reprend son vol ardent et tout puissant
Vers des cieux inconnus mais que son cœur pressent ;
Une sublime ivresse, un indicible rêve
Dans l'avenir prochain la transporte et l'élève,
Lui faisant entrevoir, quel que soit leur milieu,
Dans les peuples unis le grand peuple de Dieu...

III

Ah ! que d'efforts et de luttes,
Jusqu'à l'accomplissement !
Et que de sublimes chutes,
Avant le couronnement !
Ah ! moins fortunés encore,
Que d'hommes n'ont point d'aurore
Au terme des nuits de deuil,
D'hommes, dont la foule acclame
Le grand nom — du fond de l'âme —
Dès qu'ils sont dans le cercueil !

Qu'importe, ô penseurs ? — Courage !
Votre âme après vous grandit ;
L'étincelle de votre âge
Devient astre et resplendit.
Le Vrai fleurit, l'arbre augmente ;
Tout l'avenir alimente
L'œuvre éclose du moment ;
Tout le genre humain féconde
L'idée heureuse et profonde
Qui naît dans l'isolement !

Souvent, hélas ! la détresse
Est votre lot ici-bas,
Et l'esprit ne vous caresse
Que pour vous laisser plus las.
Qu'importe, ô nobles victimes !
Montez, montez sur les cimes !
Laissez votre cœur s'ouvrir !
Souvenez-vous de Moïse :
Voyez la terre promise,
Puis acceptez de mourir !...

Frères ! dompter la matière,
Subjuguer les éléments,
Être amour, être lumière,
Malgré l'ombre et les tourments ;
C'est plus que maîtriser l'onde,
C'est plus qu'élargir le monde,

Que saisir la vérité ;
C'est jeter — comme Dieu même —
La force immense et suprême :
L'espoir, dans l'humanité...

IV.

Courage donc, courage, ô bienfaiteurs du monde !
Qu'au doute, aux pleurs, au mal, votre seul nom réponde !
Devant la conscience ou l'esprit révolté,
Vous seuls justifiez déjà l'humanité...

Et toi, l'un des enfants d'un peuple d'espérance,
Doux fils de ma patrie, orgueil de notre France,
Voyant de ce Carmel, aigle de ce Thabor
Que contemple la terre et d'où part tout essor !
Pour avoir su grandir sans cesser d'être juste,
Pour avoir mis ton cœur dans cette tâche auguste,
Pour n'avoir pas douté ; pour avoir de nouveau,
Montré qu'un seul mortel peut hausser le niveau
De tout le genre humain ; pour avoir, fier et libre,
Des terres et des mers inverti l'équilibre ;
Pour avoir enlacé le travail, l'or, l'esprit,
Dans l'œuvre d'avenir que ton âme entreprit ;
Pour avoir abrégé les craintes et l'attente,
L'exil et les dangers du voyageur qui tente ;
Pour avoir élargi le flux et le reflux
Des nations, afin qu'elles reflétent plus
De lumière et d'amour dans leurs ondes mouvantes ;
Pour avoir centuplé leurs puissances vivantes,
Rapproché leurs produits dans la nature épars,
Entr'ouvert devant tous le cycle des grands arts,
Enrichi l'avenir, uni les consciences,
Elevé le travail, étendu les sciences ;
Pour avoir fait germer un espoir infini
Devant le genre humain... sois béni ! sois béni !

XVI

LA NATURE

I.

Oublions un moment les misères humaines !
Voici l'œuvre de Dieu : les montagnes, les plaines,
Les fleuves, les forêts, les glaciers, les déserts,
Les vallons enchantés, l'immensité des mers,
Et les êtres vivants, disséminés sans nombre,
Et les couchants de pourpre, et les jours d'or, et l'ombre
Qui remplit l'infini, noir océan des cieux
Parsemé d'archipels brûlants et radieux.

Ah ! quelle histoire immense et quel divin poème
Que ce récit vivant écrit dans l'être même !
L'esprit et la matière, et la force, et le sort
Mènent le drame ardent, font la vie et la mort ;
Une harmonie étrange au fond de tout domine ;
D'une lueur de Dieu la scène s'illumine ;
Puis le mal apparaît et passe hardiment,
Comme pour dire aussi : « Je suis du mouvement ! »
Puis l'inconnu se montre au fond de toutes choses,
Fait son nid dans nos cœurs et dans le sein des roses,
Et dans l'étoile d'or et dans le flot mouvant ;
Puis on sent dans l'espace un grand souffle vivant
Qui crée et qui maintient, qui sème et qui féconde,
Et qui semble agiter les profondeurs du monde...

Et tout a son destin, sa vie à part, son lot
Qui le suit, dirait-on, du moment qu'il éclot ;
Et chaque être est doué d'étranges aptitudes,
Pour vivre dans la foule ou dans les solitudes ;
Et semble se pétrir pour son nouveau milieu,
Dès qu'il est transplanté, sur un signe de Dieu.

Et le cheminement des caravanes d'êtres,
Ennemis, alliés, voisins, esclaves, maîtres,
Qui se contemplent tous, dans la guerre ou la paix,
Parfois sans se connaître et se parler jamais,
Semble indiquer un but et suivre une tendance ;
Comme s'ils étaient tous mis par la Providence,
Avec divers secrets et langages divers,
Sur les chemins sans nombre épars dans l'univers,
Pour atteindre un sommet, ouvrir une carrière,
Epanouir l'esprit, épurer la matière,
Affranchir les instincts, féconder les moments,
Et préparer en tout de grands avénements...

II

La science en vain monte, élabore, imagine ;
Une insondable nuit couvre toute origine,
Et l'histoire de l'homme et l'histoire des cieux
S'inaugurent de même : au point mystérieux,
Et le but, à son tour, vers lequel tout gravite,
L'homme dans son sentier, l'astre dans son orbite,
Et la brute, et l'insecte, et l'inerte élément ;
Quel esprit le connaît sous notre firmament ?
Et ces agens secrets, cachés sous toute écorce,
Ces courants infinis et les gouttes de force

Qui résident partout, dans l'âme et dans les corps,
Et qui meuvent sans fin les vivants et les morts,
Que sont ils pour nous tous, au ciel et sur la terre,
Si ce n'est l'inconnu, si ce n'est le mystère?

Mais l'abîme est splendide, et le rayon du jour
Éveille l'espérance et nous remplit d'amour;
Mais le progrès écrit dans le fond de notre âme,
Est empreint sur les cieux peuplés d'îles de flamme,
Et gravé sur ce globe, en plis mystérieux
D'où le monde passé s'exhume sous nos yeux;
Mais la création est un hymne sans pause,
Où tout chante à jamais : « Rien n'arrive sans cause;
« Rien ne peut s'arrêter, ne peut se désunir,
« Que pour se transformer et peupler l'avenir. »
Mais la force, et le but, et l'origine même,
Disent : il est un Dieu qui vous guide et vous aime ;
Car le bien resplendit, de face ou de revers,
Sur l'être le plus humble et dans tout l'univers.

III

Oui ! dans l'immensité tout chante et tout murmure :
« Un libre Créateur veille sur la nature ! »
Et tout être a des buts innombrables et doux,
Pour Dieu, pour l'univers, pour lui-même, pour nous.

Pour nous? — Voyez la terre : elle est un noir atôme;
Mais ce globule obscur a l'univers pour dôme !
Il nage dans l'éclair vivant et lumineux
D'innombrables soleils; il plane au milieu d'eux,
Et, plongé tour à tour dans la nuit et l'aurore,
Il est le nid céleste où l'âme doit éclore...

Pour nous? — L'homme souvent a d'étroits horizons;
Mais les étoiles d'or, les couchants, les saisons,
Les nuits de lune, et l'aube, et l'herbe, et l'onde vive,
La nuée et l'oiseau, — lorsque l'âme captive
Souffre d'isolement et se retourne en vain, —
Viennent, l'un après l'autre ou comme un chœur divin,
Lui dire : « Notre sœur, partout où l'âme habite,
« Dieu lui sait envoyer des splendeurs sans limite... »

Pour nous? — Êtres d'hier, nous pouvons — de nos yeux
Où tombent des rayons qui traversent les cieux,
Aussi prompts que l'éclair, pendant des jours dans nombre, —
Nous pouvons de nos yeux, dans leur océan d'ombre,
Suivre le vol ardent, par leurs champs inouïs,
De mondes radieux peut-être évanouis,
Voir des événements accomplis dans l'espace
Avant qu'un genre humain sur la terre eût sa place,
Et, franchissant les temps sur un monde embrasé,
Contempler, avec Dieu, les cieux dans le passé...

Pour nous? — Nos jours sont courts, nos heures peu sereines;
Mais notre âme a le sens de ces lois souveraines
Qui révèlent partout, dans la création,
L'avenir de la vie et son ascension;
Mais, l'esprit élevé sur quelques points sublimes,
Nous contemplons de loin, comme du haut des cîmes,
Les merveilleux sentiers, les horizons divers
Qui semblent préparés pour nous dans l'univers;
Et, dans le fond des cœurs, la foi, la conscience,
Prophétesses de Dieu, pleines de prescience,
Redisent à jamais, avec sérénité,
Le chant mélodieux de l'immortalité...

IV.

Abaissons nos regards : ce globe est une bible !
A l'invincible mort la vie indestructible
Y livre un saint combat qui maintiendra debout
Les instincts, les esprits, les volontés partout.
Et tout ce qui commence est né d'une tendresse ;
Et la terre et les flots, tout berce et tout caresse
L'immensité de vie, en germe, en fleurs, en fruits,
Dans le siècle et l'année, et les jours et les nuits...

Cependant tout grandit. Quelquefois telle race
Occupe cent mille ans, ensuite perd l'espace.
De nouvelles tribus — peuple nain ou géant —
Nous ignorons pourquoi, surgissent du néant.
Et ce n'est pas toujours par des métamorphoses,
D'aïeux en descendants, que se meuvent les choses.
Tout-à-coup, dans cet ordre et cette éternité,
Resplendit un rayon de grande liberté :
Le Créateur se montre, et — déluge ou naissance —
Jette un signe infini de sa toute-puissance !
Un monde disparaît, un monde neuf surgit ;
Mais toujours l'horizon s'éclaire et s'élargit :
Un souffle du Très-Haut dans cet infini vibre,
Et le monde fatal s'y change en monde libre.

Voyez ! — La terre était une fange de feu,
Puis devint globe ardent ; après, l'océan bleu
Couvrit ces champs déserts ; l'herbe, ensuite, et les mousses
Tapissèrent les flots et les rocs, — couches douces,
Où pullulent bientôt les essaims primitifs
D'êtres doués de vie et d'élans instinctifs :

Poissons et cétacés, immenses mastodontes,
Gigantesques lézards; enfin, races plus promptes,
Moins captives aussi, les nuages vivants,
Des oiseaux emportés sur les flots et les vents;
Et l'homme alors paraît, l'être étrange et sublime
Qui va contempler Dieu du fond de notre abîme,
L'être indépendant d'âme et qui peut, indompté,
Ou perdre ou conquérir toute une éternité...

La vie a donc saisi — doux éveil — la matière.
Du minéral inerte éclôt, sous la lumière,
La plante où se trahit, encore obscurément,
Une force moins brute, un vivant mouvement.
L'instinct, ce vague esprit qui parcourt une race
Mais que rien n'agrandit comme rien ne l'efface,
Elève encor l'être. A ses lueurs s'écrit
Dans l'homme enfin ce mot: « Force libre, âme, esprit! »

Ah! lire ou contempler cette Genèse immense,
C'est gravir un Sina, pour tout homme qui pense ;
C'est entendre, sur terre et dans le firmament,
Celui que l'univers écoute en tout moment.

V.

Voici l'homme debout sous le dôme sublime.
Il écoute, il contemple, il frémit dans l'abîme ;
Il redoute, il espère, il regrette, il attend ;
Vivant foyer du monde, il est infime et grand.

Qu'il est faible et puissant! Que d'âmes dans son âme!
Il aime le passé, mais l'avenir l'enflamme.
Rien dans tout l'univers ne lui semble étranger.
Il poursuit l'inconnu, fût-ce dans le danger.
Ses forces pour le bien et pour le mal sont prêtes.
Il désire la paix et cherche les tempêtes.
Tour à tour noble et vil, il est saint et brutal ;
Mais son destin est grand, car il n'est point fatal ;
Et, dans ses durs sentiers, pour qu'il voie et devine,
Resplendit devant lui plus d'une fleur divine.

Voyez de l'herbe au ciel se déployer le beau,
Voile léger et doux ou merveilleux flambeau.
Il attire et ravit, durant notre passage,
L'âme de l'insensé comme l'âme du sage.
Il paraît et subjugue. On ne sait point sa loi.
Mais on sent qu'il enchante et qu'il élève à soi.
On ne peut le ravir, le saisir, le comprendre ;
Mais devant lui tout cœur est bienveillant et tendre.
Il se montre ; et soudain notre cœur, dilaté,
S'éclaire d'espérance et de félicité.
Il semble le reflet de Celui dont la trace
Donne la vie au temps et la vie à l'espace...

Voyez aussi planer, sur terre et dans le ciel,
Devant l'esprit, le vrai, l'évident, le réel,
Reflet prodigieux de l'ensemble des choses,
Où l'on saisit l'éclair des effets et des causes,
Phare mystérieux qui n'égare jamais
Et dont le jour suffit à nous donner la paix,
Fanal révélateur, à la lumière pure,
Qui nous fait découvrir un plan dans la nature...
Ah ! son prestige est saint et grand son ascendant,
Car il rend l'homme fort et l'homme indépendant.

Voyez enfin en nous, écrite en traits de flamme,
La loi sainte du bien, qui soutient ou qui blâme,
Eloquente, adorable, ange de l'équité,
Qui proclame à la fois l'humaine liberté,
L'existence d'un but et d'un amour suprême ;
Cette loi que craint l'homme et que surtout il aime,
Car, au sein des écueils, elle guide ses pas,
Et trace le chemin qu'il doit suivre ici-bas ;
Cette loi d'espérance en qui l'âme s'atteste
Notre immense avenir, notre avenir céleste :
Ah! n'est-ce pas un don tout providentiel
Que cette loi terrestre, où resplendit le ciel ?

Avec l'homme ici-bas — nouvelle créature —
Le vrai, le beau, le bien, soudain dans la Nature,
Comme pour nous plonger dans un plus doux milieu,
S'épanchent à torrents, rayonnements de Dieu.

VI.

Oui, la création, par toutes ses voix, chante :
« Si je suis grande et belle, et puissante, et touchante,
« Si ma voie est la vie et si tout cœur me suit,
« C'est que, fils de Dieu, je l'entends jour et nuit...
« Je cultive les fleurs et je nourris les chênes ;
« J'ensemence les mers, je féconde les plaines ;
« Je lance dans les cieux les soleils flamboyants
« Et les globes obscurs, vos berceaux tournoyants ;
« Je protège l'insecte et je protège l'homme ;
« J'obéis librement au seul être que nomme
« En moi tout ce qui fut et tout ce qui sera :
« Amour à notre Père! Amour à Jéhovah! »

Et moi, tout en cherchant, — infime créature, —
Par un étrange instinct, le sens de la nature,
Je sais que je ne puis, de l'esprit ni des yeux,
Déchiffrer pleinement une strophe des cieux ;
Je sais que le cours même et le champ de la vie,
Pour un être mortel, à chaque instant dévie ;
Je sais que devant nous tous les objets divers
Revêtent mille aspects, pour orner l'univers ;
Que, dans mon vol hâtif d'insecte périssable,
Je ne puis mesurer le sort d'un grain de sable ;
Que mon pas à jamais est banni du passé ;
Que devant l'avenir j'expirerai lassé ;
Que la vie et la mort, et le ciel et la terre,
Tout pour nous est problème, hypothèse, mystère...
Mais, dans l'immense nuit, la colonne de feu
Qui m'apparaît partout, c'est ta pensée, ô Dieu !

XVII

APPEL A LA CHARITÉ.

Dans les champs bleus et durs les flots sont immobiles ;
Sous le sol contracté le germe même dort ;
Au fond des noirs buissons, leurs habitants débiles,
Insectes, vermisseaux, tout est loin, tout est mort.

Les monts n'ont plus de fleurs, les vallons n'ont plus d'herbes ;
Un lugubre silence enveloppe les bois ;
Ou du vent froid du Nord le sifflement acerbe
Remplit de bruits plaintifs tout l'espace à la fois.

Élus de la Fortune, élus de la Tendresse,
Qui sous des toits bénis l'hiver vous enfermez ;
Vous qui, près du foyer dont le jour vous caresse,
Souriez doucement à ceux que vous aimez !

Il est en ce moment d'anxieuses familles,
Des enfants, des vieillards, mal vêtus et sans feu ;
Il est, sur des grabats, des mères et des filles
Qui meurent de détresse et qui vivraient de peu...

Il est de nobles cœurs que l'espoir abandonne,
Ne pouvant plus donner aux leurs le pain du jour ;
Il est des voyageurs que n'attend plus personne
Et que leur foyer nu fait pleurer au retour.

O vous les plus heureux, vous que le ciel abrite !
Pour tous ces affligés, sortez de vos doux nids !
Allez ! informez-vous ! sauvez-les ! allez vite !
Dieu vous suit du regard et vous serez bénis.

Ne leur demandez point d'où provient leur misére !
Ils sont dans la détresse, et dans le désespoir...
Songez à vos enfants ! songez à votre mére !
A ceux que vous pleurez et voudriez tant revoir !

Ou plutôt ne songez qu'à calmer la souffrance !
Ne demandez à Dieu que de guider vos mains !
Anges, versez la vie et versez l'espérance
Dans les cœurs désolés d'humbles étres humains !

XVIII

LA FLEUR

Regardez cette faible plante
Que la nuée arrose au vol :
Sa racine à l'ombre serpente
Et cherche les doux sucs du sol.

Sa tige avec grâce s'incline
Et dit, dans son balancement :
« Venez, brises de la colline,
Sur moi bercer un monde aimant! »

Son calice, où plonge l'abeille,
Rempli de rosée et de miel,
Est la coupe verte ou vermeille
Où tombent les perles du ciel.

Sa corolle embaume et domine
Les couches vertes du gazon ;
Du jour frappée, elle illumine
A son tour l'herbe et le buisson.

Son fruit, où sous la pulpe on trouve
Les graines, moissons à bénir,
Est un nid où la mère couve
L'essaim des fleurs de l'avenir.

Ses feuilles, moitié transparentes,
Abritent sous leurs doux tissus
— Toits veloutés et vertes tentes —
Cent familles et cent tribus.

Et cette belle fleur entière,
Pareille à l'âme d'Israil,
Unit — amour, vie et lumière —
L'heure aux siècles, la terre au ciel.

————— ———

XIX

DÉSIR

Je voudrais habiter bien-haut sur la montagne,
Dans une solitude à l'air vivant et pur.
Je voudrais contempler, lorsque la nuit les gagne,
Les sommets tout rosés des glaciers d'azur;

Je voudrais écouter le grondement sans pause
Du torrent écumant qui bondit du rocher.
Je voudrais détacher la barque qui repose
Et voguer sur le lac, comme un libre nocher.

Je voudrais lentement suivre de pente en pente
Les paisibles troupeaux qui paissent à pas lents.
Je voudrais me plonger dans la paix si vivante
Des immenses forêts au dôme plein de chants.

Je voudrais sur la grève, au sein des nuits profondes,
Prier lorsque le flot chante l'hymne des mers.
Je voudrais explorer dans les cieux, ces grands mondes
Aux domes lumineux coupés d'obscurs éclairs.

Je voudrais du passé parcourir les ruines
Et voir de l'avenir éclore aussi les fleurs.
Je voudrais embraser de tendresses divines
Tous les êtres vivants, toutes les âmes sœurs.

O Toi qui dans mon âme a mis tant de puissance,
Qui m'as pétri d'amour, d'espérance et de foi,
Pour ces sublimes dons et cette jouissance.
A jamais, à jamais, je m'abandonne à Toi!

XX

NOTRE GRANDEUR.

La science me dit : « Penseur, résigne-toi !
» Je vois parfois comment, mais j'ignore pourquoi ;
» Je ne sais point les fins, je ne sais point les causes ;
» Je suis comme un enfant dans le centre des choses ;
» Je pèse en vain l'étoile et vois l'atome en vain ;
» Je n'épèle qu'un mot du poëme divin ;
» Car pour le lire, eût-il des facultés sans nombre,
» Tout être, excepté Dieu, serait trop chargé d'ombre. »

L'art me dit: « Je ne puis, de tout ce qui te plaît
» Prendre que le dehors, saisir que le reflet.
» Regarde cet arbuste agité par la brise,
» Avec ses mouvements et sa vie indécise ;
» Cet oiseau dans le ciel, et cet astre, et ces flots ;
» Et ces monts lumineux, aux vallons pleins d'échos ;
» Et la rouge nuée, à l'envergure immense ;
» Et l'insecte, et la brute, et l'être aussi qui pense :
» Leurs changements de forme et d'aspects ravissants,
» Je n'en saisis qu'un seul... quand ils sont incessants ;
» Je compte les objets, tandis que l'art suprême
» Peindrait tout l'univers et jusqu'à Dieu lui même... »

L'existence me dit: « Je suis belle au matin,
» Mais le sentier est rude et le temps incertain.
» Pour chercher mes fruits d'or, la foule en vain s'élance :
» — Qui de vous est heureux ? — Hélas ! tous font silence...

» Car l'homme, plus courbé qu'une tremblante fleur,
» Subit, dès qu'il est né, la loi de la douleur.
» On sème, on cherche, on prend, on rêve, on parle, on lutte ;
» Mais l'espoir est chimère, et la conquête est chute.
» Je suis une oasis à l'aspect doux et cher,
» Mais où le pèlerin ne boit qu'un flot amer. »

Cependant dans mon âme une autre voix proteste,
Evoquant notre espoir et notre foi céleste ;
Et quand de l'infini j'ai contemplé les feux,
Quand je parcours les bois, quand je suis les flots bleus,
Et quand les nuits de lune ou les couchants de flamme
Au Dieu des cœurs aimants ont élevé mon âme,
Je me sens libre et bon, et d'en haut soutenu
Plus vivant et plus grand que l'univers connu...

XXI

LA LUTTE

Loin de fuir lâchement devant tout ange sombre,
Au moment où l'épreuve est un appel au cœur,
J'ai regardé de face et de près la douleur...
  Et j'ai vu qu'elle n'est qu'une ombre.

L'ouragan nous saisit un jour dans son milieu.
Faible et tremblant, je vis s'abattre ceux que j'aime :
Aussitôt dans mon âme un tout autre moi-même
  Se leva, champion de Dieu.

Je restais seul debout, pauvre, ignoré, sans guide;
Mais je voulais sauver, non jouir et grandir :
Et, dès cette heure sainte, en moi vint resplendir
  Une foi qui rend intrépide ;

La foi dans le pouvoir de tout juste dessein,
Dans la force du bien et dans l'instinct suprême
Qui dirige les pas du plus humble, s'il aime
  Avec un cœur vrai dans le sein.

Que de nobles esprits, que d'amitiés sublimes
J'ai rencontrés dès lors sur mon âpre chemin !
Ah ! souvent je pensais, en pressant une main :
  Qu'il est d'inconnus magnanimes !

Que de purs souvenirs et que d'espoir divin
M'ont laissé ces jours noirs mais remplis de vaillance,
Où — bien que redoutant parfois la défaillance —
    Je ne combattis pas en vain !

Que j'ai béni ton nom, sur d'innombrables voies,
Éternel, quand j'ai vu, resplendissantes fleurs,
De l'abnégation, des fatigues, des pleurs,
    Naître la tendresse et les joies !

XXII

LES GERMES

Le frisson de mon siècle a passé par mes veines.
Je ne crois pas qu'en tout nos sources sont trop pleines,
Et je sens enfouis, ici, là-haut, en-bas,
Des progrès et des biens qui ne nous fuirons pas...

Comme j'aime les cieux, j'aime aussi l'espérance.
Aux captifs elle chante : « Air pur et délivrance ! »
Elle dit dans la nuit : « Enfants, voici le jour ! »
Et dans la haine elle ouvre un horizon d'amour...

Les principes divins, immortelle semence,
Sont tombés dans l'esprit; il n'est plus ni démence,
Ni crime ni douleur qui puissent les flétrir :
Ce sont les fleurs de Dieu, qui demain vont s'ouvrir !

Toute l'immensité n'est qu'un nid où tout couve.
On cherche un chemin simple, un monde est ce qu'on trouve ;
Une humble vérité s'allume dans un coin,
Et fait soudain marcher tous les peuples bien loin...

XXIII

LE MOUVEMENT

Un ouragan sans pause agite donc ce monde ?
Tout nous semble, il est vrai, se calmer par instants ;
Mais soudain un murmure au sein des masses gronde
Et l'immense horizon, à cette voix profonde,
Tremble, comme frappé de l'océan des temps...

Voyez sur les hauteurs, voyez sur le rivage !
Les peuples sont debout aux quatre vents du ciel.
Ici pour la patrie et là pour l'esclavage,
Ailleurs pour s'affranchir d'un antique servage,
Partout pour l'avenir, champ de lait et de miel.

Nul ne connaît le terme où leur foule s'élance;
Mais le siècle est pour tous comme un lit de torrent.
Ah! tous ces flots humains qui dormaient en silence,
Quel astre les attire ou quel souffle les lance
Et fait mugir au loin leur immense courant?...

— Sous des noms bien divers, c'est la force immortelle
Qui donne au genre humain son essor infini.
Foi, progrès, liberté, c'est la raison, c'est elle
Qui cherche et qui conquiert l'immensité nouvelle
Où tous veulent bâtir leur asile béni.

Et quand les nations, dans les heures funèbres,
Se déchirent sans but ou sont sans mouvement,
Quelque doux inconnu, toujours, dans les ténèbres,
Allume, on ne sait où, l'un des fanaux célèbres
Qui vont illuminer le nouveau firmament.

Écoutez! le vieux monde et ses tribus sans nombre
Cheminaient au hasard et dans l'obscurité.
L'immensité des temps avait jeté son ombre
Sur l'esprit et la foi; la foule immonde et sombre
De ses étranges dieux courbait l'humanité.

Tout à coup, loin du temple et du gouffre idolâtre,
Au milieu des déserts où seul il cheminait,
Un enfant d'opprimés, un fugitif, un pâtre
Gravit du mont Horeb la sommité bleuâtre :
— La raison entend Dieu, la vérité renaît.

Écoutez! dans la foule avilie et barbare
Mourait le souvenir de l'ancienne clarté;
Le manuscrit errait, inabordable et rare,
De la main du copiste aux doigts du riche avare,
Le genre humain semblait frappé de cécité.

Eh bien! en ce moment dans l'atelier médite
Un modeste ouvrier sans ressource et sans nom;
Il taille, il sculpte et fond; il combine, il hésite;
Il imprime une bible et l'avenir hérite :
— La raison déployait l'aile sur l'horizon.

Ecoutez ! on jetait des peuples aux abîmes :
Les Maures, les Hébreux, les Chrétiens réformés ;
Les illustres croyants, les croyants anonymes,
Les courageux penseurs et les penseurs sublimes
Fuyaient ou succombaient, traqués et décimés.

En ces lugubres jours, solliciteur timide,
Un vieillard tout pensif et longtemps rebuté,
Sait tenter la soif d'or du roi le plus cupide,
Explore l'océan où l'esprit est son guide :
— La raison trouve un monde où naît la liberté !

Courage donc, courage ! Et quand la nuit efface
La lumière, et le droit, et l'amour, en tout lieu,
Quand la foi s'obscurcit, quand la foule se glace,
Espérez ! l'humble enfant, le mendiant qui passe
Peut-être au genre humain est envoyé de Dieu.

FRAGMENTS BIBLIQUES

I

CRÉATION

Elohim a créé les cieux avec la terre.
Notre globe est encor informe et solitaire.
La nuit couvre l'abîme. Un souffle du Très-Haut
Plane dans l'étendue, à la face du flot.
      Et Dieu dit : « Sois lumière ! »
La morne immensité s'éveille tout entière ;
L'ombre avec la clarté s'enlacent tour à tour ;
L'Eternel leur sourit ; et c'est le premier jour.

Enfants du créateur, lune, soleil, étoiles,
Levez vous du néant ! Océans, peuplez-vous !
Bois, herbes, grandissez ! nids, asiles et voil s
Des brutes, des oiseaux, peuples errants et doux !
Mondes, dans vos clartés ; insectes, dans vos toiles,
Brillez, savourez l'être, et chantez : « Aimons nous !... »

Voici l'homme, âme et corps, image de Dieu-même !
Il est un esprit libre ; il sait, il veut, il aime.
Il contemple la terre, et les flots, et les cieux ;
Mais tout est, pour son cœur, morne et silencieux...

Adam s'est endormi ; son front s'emplit d'un rêve...
Il s'éveille et s'écrie : Ah ! j'attendais mon Eve.
« Fille du Tout-Puissant; radieux et pur don,
« Douce chair de ma chair, je t'aime ! prends mon nom ! »

Qu'ils sont heureux et beaux dans la fleur de la vie !
La création berce en eux l'âme ravie ;

Sur les sentiers d'Eden, sous son bleu firmament,
Tout en eux est parfum, hymne, rayonnement.
eur paix est lumineuse et leur est âme profonde,
Comme l'immensité dont l'éclair les inonde.
Nul être n'est vieilli, nul être n'est lassé.
Ils ignorent le mal, ils n'ont point de passé.

. . . .

. . . .

. . . .

L'innocence est tombée et la honte est venue.
Exilés de l'Eden, sur la terre inconnue
Ils travaillent... Le père et la mère aujourd'hui
Cherchent leurs deux enfants, leur espoir, leur appui.
Caïn s'est éloigné. Dans l'herbe Abel sommeille...
Eve lui dit : « Enfant ! » doucement, à l'oreille ;
Il n'entend pas sa mère... Elle baise son front ;
Et lui, si pétulant, si joyeux et si prompt,
Reste immobile encor ; Adam, près d'eux s'élance,
Etreint le fils aimé, puis l'implore. — Silence...
Ils regardent ses traits : l'éclair mystérieux
Où resplendissait l'âme, est effacé des yeux...
Il veulent emporter cet enfant qui les navre.
— La blessure, le sang, le froid du cher cadavre
Disent comment la vie est enlevée ou sort...
Ils restent éperdus, ils comprennent la mort...

Maudit, le signe au front, le sombre fratricide,
Caïn, par les déserts fuyait d'un pas rapide.

L'Eternel eut pitié de l'immense douleur,
Il leur rendit un fils, un fils selon leur cœur,
Et fit que l'amour pur, son souffle sur les mondes,
Apaisa, dès ce temps, les détresses profondes.

II

DÉLUGE

I

Et la foule est venue. Et les esprits divins
Aux filles des mortels — éblouis d'attraits vains —
Ont enchaîné leur vie. Et les héros célèbres
Et leurs fils, les géants, — l'âme dans les ténèbres —
Régnent sans équité sur les peuples pervers.
Et Noé seul adore un Dieu de l'univers.

Mais la terre est belle et féconde,
 Le ciel est rayonnant et pur,
Et le souffle vivant du monde
 Fait l'homme fort et le fruit mûr.
Dans les plaines et sur les pentes,
Au bord des mers étincelantes,
Dans le fond des vallons ombreux
Partout, étages sur étages,
Les cités, les bourgs, les villages,
Se dressent, bruyants et nombreux.

Au sein d'immenses pâturages,
De libres pasteurs cependant
Et des chasseurs encor sauvages
Vont d'Orient en Occident ;
Chez ces hordes toujours errantes
On plie et transporte les tentes,

Dès que le sol est terne et nu ;
Ces essaims suivent la lumière,
Sans regarder même en arrière ;
Car leur patrie est l'inconnu.

Aux cités, des palais — dés mondes —
Font pâlir le céleste azur,
Et reflétent au fond des ondes
Leurs grands profils d'ambre et d'or pur ;
Dans les flots que leur clarté moire,
Sous les colonnades d'ivoire,
Veillent les beaux sphinx de cristal,
Dont les yeux, rubis pleins de flamme,
Semblent avoir des lueurs d'âme
Et voir l'Eden oriental.

Aux champs, le colibri scintille
Sur les fleurs aux parfums brûlants,
Et glisse la belle flotille
Des cygnes noirs sous les flots blancs ;
De grands papillons de lumière
Flottent la nuit sur la paupière
Des tigres et des lions roux ;
Les ramiers bleus, sur les montagnes
Et dans les bois, à leurs compagnes
Roucoulent leurs murmures doux.

Des ponts s'enlacent en spirales
A des tours, nids de voluptés ;
Des chutes de mer colossales
Bornent des jardins enchantés ;
Des îles odoriférantes,
Sur les replis des lacs errantes,

Bercent les chœurs mystérieux
D'hommes inspirés et de femmes,
Dont les chants emportent les âmes,
Dont la beauté ravit les yeux.

— Que ce monde est divin ! que ce monde est sublime !
Un cri — l'on ne sait d'où — répond : « Il est le crime ! »

. . . .
. . . .
. . . .

II

Quelle ombre dans les cœurs ! quelle ombre dans les cieux !
Où donc est le soleil hier si radieux ?...
Par quel pressentiment les foules remuées
Contemplent-elles donc, muettes, les nuées ?...

Il pleut... D'où vient, d'où vient ce vol universel
Des oiseaux éperdus qui traversent le ciel,
Emportés par la peur, emportés par la fuite,
Tous dans le même sens, devant quelque poursuite ?

Il pleut... Pourquoi ces bonds et cet effarement
Des hôtes des déserts, sous tout le firmament ?
Et pourquoi donc vont-ils, dans leur course effrénée,
Comme pour fuir la plaine infâme ou condamnée,
Avec mille troupeaux échappés aux pasteurs,
Chercher partout la pente et gravir les hauteurs ?

Il pleut... Quel froid subit envahit tout l'espace !
Est-ce l'immensité qui meurt et qui se glace ?
Car le tressaillement et le frisson mortel
Semblent tout agiter sur terre et dans le ciel.

Il pleut... Quel souffle immense et quelle voix profonde
Viennent du fond des cieux ? — La prière du monde
Peut-être, en ce moment terrible et solennel,
Dans les gémissements, veut fléchir l'Eternel.

Il pleut... Le bruit grandit, il s'élève, il avance...
Des flots, des flots, des flots qu'un ouragan devance,
Montent, montent, hurlant, de tous les points du ciel.
Sous l'Océan mouvant, immense, universel,
Les vallons, les cités, les forêts, puis les cimes,
Décroissant, s'abaissant, entrent dans les abîmes...

III

Quelles scènes d'horreur ! quels spectacles navrants !
Sur les derniers sommets, des hommes forts et grands
Luttent jusqu'à la mort, avant qu'un flot les broie,
Contre la bête fauve et sous l'oiseau de proie.
Des femmes, des enfants, sur les pics emportés,
— Pour n'être point saisis par les flots indomptés, —
Montent, en se traînant, harrassés, pêle-mêle,
Sur les âpres rochers, dans la neige éternelle,
La mère et son petit ne tombant qu'enlacés
Et s'étreignant encore, après s'être glacés...

Là, les troupeaux humains, dans le désastre immense,
Pâles, désespérés, tombés dans la démence,
Conjurent les démons, les vagues et les vents,
Et se disent entr'eux : Nous resterons vivants ! »
Ici, sur les rameaux des forêts — dont les cimes,
Se balancent encore au-dessus des abîmes —
Agités par les flots, tremblants, les yeux hagards,
Des vierges dans les pleurs et de faibles vieillards,
Sont raillés par des gens au regard tout farouche,
Qui, l'impudence au front, le rire sur la bouche,
Affectant de vouloir mourir joyeusement,
Se plongent dans le vice, en face du tourment ;
Ailleurs, les vrais regrets et la douleurs profonde
Prosternent, recueillis, devant le Dieu du monde,
Quelques hommes épars près du gouffre béant :
Plus loin, fier et debout sur un roc, le géant
Montre le dernier être et le seul qui succombe,
Effroyable et puissant, en blasphémant la tombe,
Et qui, sur le linceul de la création,
Jette, désespéré, son imprécation —
« O Tout-Puissant ! — dit-il — ô Vengeur ! tu me navres...
« Vois tomber, vois tomber ces torrents de cadavres
« Précipités des monts, dans les bonds monstrueux
« De l'Océan sans bord que tu roules sur eux :
« Puisses-tu, dans la nuit qui pour tout recommence,
« Te repentir sans fin, ô tyran sans clémence ! ... »

IV

La voix de l'Océan engloutit toute voix ;
Puis, lorsqu'il fait silence, on dirait quelquefois
Que du néant le monde a repris l'atonie.
Seulement, par instants, une plainte infinie

Passe à travers les airs, ou le rugissement
D'une mer sans limite emplit le firmament,
Ou de grands flots, ainsi qu'une foule insensée,
Jettent soudain leurs cris sans ordre et sans pensée;
Puis tout retombe au gouffre âpre et silencieux,
Et Dieu semble avoir fait un sépulcre des cieux...

v

On entend dans l'espace un doux battement d'aile...
Voyez flotter là-bas cette étrange nacelle;
C'est un nid ballotté sur l'Océan sans bord,
C'est un monde vivant au ciel d'un monde mort.
Une colombe en part, suave messagère,
Pour explorer l'abîme et pour revoir la terre.
Elle revient deux fois; elle apporte un rameau
Et repart, sans retour... Du profond gouffre d'eau,
Ararat, le vieux mont, s'est élevé sous l'arche
Et prête ses rochers aux pieds du patriarche.

Sortez! multipliez! couples, races, tribus!
Le Très-Haut l'a juré: vous ne périrez plus.
Allez! répandez-vous! reconquérez la terre!
Cette arche qui flottait, vivante et solitaire,
Au-dessus de l'abîme où, coupable et lassé,
Descendit pour jamais tout le monde passé;
Cette arche restera désormais le symbole
De tous les grands mortels, dont l'âme et la par le
Conservent à jamais la foi sainte et l'esprit,
Sur la vague éternelle où le reste périt.

———

III

BABEL

Les hommes ne sont plus ces fils du patriarche,
Sem, Cham, Japhet, témoins de Dieu, sortis de l'arche.
Leurs enfants, trop nombreux pour se bien entr'aimer,
Ont formé des tribus qui viennent d'essaimer.

Venus de l'Orient vers Senhar, dans la plaine,
Ils disent : « Dressons là l'immense tente humaine !
» Pétrissons et brûlons l'argile ! Amoncelons
» Le granit et le bois, les forêts et les monts !
» Elevons une tour dont la grandeur écrase,
» Comme un cèdre les fleurs qui rampent à sa base,
» Les sommets d'Arrarath et les pics du Carmel !
» Qu'elle s'étage, et monte, et plonge dans le ciel,
» Si haut, que nous puissions, dispersés sur les terres,
» La contempler toujours, n'être point solitaires,
» Et laisser tous un nom terrible et radieux ! ... »

Comme le chant des flots, pur et mélodieux,
L'humain langage alors retentissait le même
Pour toutes les tribus ; rayon d'âme qu'on aime,
Il n'avait qu'un reflet, il n'avait qu'un parfum,
Qu'un sens égal pour tous : son esprit était un...

Mais voici que la tour, édifice d'un rêve,
Dans l'azur infini, sombre, déjà s'élève.
Ses flancs sont tout pareils aux falaises des mers ;
Les géants sont des nains sous ses porches ouverts ;
Sa masse, rideau noir, coupe en deux tout l'espace ;
Son faîte atteint la nue et même la dépasse ;
Des jardins merveilleux, des grottes et des bois
Abritent les tribus aux rebords de ses toits ;

Ses degrés sont des monts, alignés en spirale,
Qui serpentent autour de la nef colossale ;
Ses dômes, ses arceaux, ses antres, ses détours,
Ont des voix d'ouragans et lassent les vautours ;
Ses flèches sont encor rose sous les étoiles,
Lorsque sur tout sommet la nuit étend ses voiles ;
Et l'aurore à son front met un bandeau pourpré,
Quand il n'est que minuit pour Gomorrhe et Membré.

Les nations ont fait leur étrange demeure
Du palais monstrueux ; on y chante, on y pleure.
Des troupeaux d'éléphants y traînent sans repos
Les rochers de granit, les grands arbres, les eaux ;
Des zèbres, des chevreuils, des taureaux, des génisses,
Y broutent l'herbe au bord des sombres précipices ;
Les enfants, dans leurs jeux, courant sur tout gradin,
Y jettent aux aiglons des pierres par dédain ;
Les femmes de leurs chants y remplissent les tentes,
Ou dressent des festins pour les foules bruyantes ;
Et les hommes, tout fiers de leurs puissants labeurs
Osant menacer Dieu d'un désir de leurs cœurs,
Disent entre eux ces mots : « Qu'il redevienne juge
» Et veuille ensevelir l'homme sous un déluge,
» Nous gravirons si haut, que ce danger cruel
» Fera du fils de l'ombre un voyageur du ciel.

Ils disent... Mais ! quel doute et quelle inquiétude
Font pâlir tous les fronts de cette multitude ?

Un dialogue immense, un grand bourdonnement
Sans cesse montait là, de l'herbe au firmament ;
Mais il était pareil au bruit sans violence
D'une paisible ruche... Aujourd'hui le silence
Est, par moments, coupé d'effroyables clameurs ;
Puis un calme de mort succède à ces rumeurs,
Et l'on saisit d'en bas, sous ces arches célestes,
Des fuites, de grands bonds, des luttes, d'affreux gestes ;

Et, parmi les rochers du monument géant,
Des corps humains lancés dans le gouffre béant...
A la fin, tous en masse abandonnent l'ouvrage.
Ils se parlent entr'eux avec douleur et rage,
Mais ne comprennent plus et ne sont plus compris...

Mornes et stupéfaits, au fond de leurs esprits
Ils poursuivent alors un spectre de pensée,
Une lueur des cieux dans leurs fronts éclipsée ;
Ils contemplent, penchés, — la terreur dans les yeux, —
Les objets du travail, êtres mystérieux
Qui paraissent, — voilés de ténébreux nuages —
Devenir inconnus, hostiles et sauvages ;
Car ces ouvriers forts, ces architectes vains
Ont oublié les noms — envolés par essaims —
Des milliers d'instruments et des choses sans nombre,
Qui servaient à bâtir la tour puissante et sombre.

Gigantesque ruine avant d'être achevé,
L'édifice maudit ne s'est point élevé ;
Les siècles ont broyé la hauteur formidable
Et les vents du désert ont emporté ce sable...
Et ces fiers ouvriers ? — Un souffle de leur voix,
Troublé par le Très-Haut, les a tous a la fois
Pulvérisés aussi ; puis, vivantes ruines,
Livrés aux ouragans des justices divines.

Ils se sont dispersés aux quatre vents du ciel ;
Mais l'Eternel, clément, dans ce moment cruel
Les unit par tribus et par grandes familles
Qui peuplèrent la terre. Et les fils et les filles
Retrouveront un jour l'unité de raison
Et l'unité d'accent sur l'immense horizon,
Si les cœurs sont unis ; si, croyants et sincères,
Doux enfants du Très-Haut, ils aiment tous leurs frères.

IV

ABRAM

Abram, fils de Térach. loin du toit paternel,
Enseigne et fait le bien, au nom de l'Éternel.
Il ouvre jour et nuit sa tente hospitalière
Aux humbles voyageurs que couvre la poussière ;
Il assiste — à Siddim comme aux champs de Mamré. —
Dans la guerre ou la paix, le faible et l'opprimé ;
Il n'accepte jamais le butin qu'on enlève
Aux ennemis vaincus, et ne vend point la trève ;
Il supplie avec pleurs le Dieu de l'univers
D'être bon et clément, même pour les pervers ;
Il est près d'immoler, par un ordre suprême,
Son enfant, son seul fils, son plus aimé lui-même ;
Il souffre par la haine, il souffre par l'amour
Et ne murmure point...

                L'Éternel, en retour,
Le guide, et le soutient, et répond à son âme,
Par la voix d'envoyés aux paroles de flamme,
Par un appel divin dans les bois de Moré,
Par un songe à Sédome ; et le souffle adoré
Lui dit : « Baisse les yeux à terre et vois ce sable ;
» Ainsi sera la race : un peuple impérissable !
» Lève les yeux au ciel et compte, si tu peux,
» Ces étoiles des nuits, ces lueurs et ces feux ;
» Ainsi seront les fils : un peuple de lumière
». Dont l'âme éclairera toute la terre entière,
» Un peuple d'avenir à qui mon nom s'unit ;
» Maudit, qui le maudit ! béni qui le bénit !

AGAR

Voilà de Ber-Scheba le désert vaste et nu...
Une femme erre ici, loin du monde connu.
Sa blanche épaule porte un enfant triste et pâle,
Près d'une outre vidée. Et la marche et le hâle
Ont augmenté la soif et ralenti le pas
De la mère accablée. Et l'enfant est trop las,
Pour lui répondre encor, même par une plainte ;
Et de ses petits bras déjà cesse l'étreinte...

Le désert sans limite a le calme des cieux.
Tout y reste paisible, égal, silencieux,
Depuis les flots brûlants et scintillants du sable,
Jusqu'au dôme azuré dont la splendeur accable ;
Depuis les monts errants, jusqu'aux vallons sans bruit
Où l'homme cherche en vain l'onde, l'herbe, le fruit.
La mère dit : « Mon fils mourra-t il sur mon buste ? »
Elle jette l'enfant au pied d'un grêle arbuste,
Veut s'enfuir, mais s'assied à distance d'un trait
Et pleure à haute voix...

Don sublime et secret
Tombé soudain devant l'âme abattue et veuve,
Un bienfait merveilleux caché dans une épreuve
Fait souvent que le mal d'un moment ou d'un lieu
Devient le bien sans borne et le levier de Dieu.

Un ange est apparu : « Lève-toi, dit-il, mère !
» Elohim de ton cœur entend la voix amère :
» Prends l'enfant dans tes bras : de ton fils Ismaël
» Naîtront des peuples forts qui vivront sous ce ciel. »

Agar saisit l'enfant, et l'emporte à la course,
Et le ranime au bord d'une abondante source
Qu'elle vient d'entrevoir. Elle ne souffre plus,
Retrouve le chemin et va dans les tribus
Du désert de Pharan...

              Pour réjouir la femme,
Dieu fut avec l'enfant. Grandi de corps et d'âme,
Ismaël a laissé — de Pharan à Sidon —
Depuis quatre mille ans, à cent peuples son nom.

APPENDICE

A MOÏSE LION

O frère en Israël, ô penseur, ô poête,
J'entends, j'écoute encor ta voix qui se répète,
En sons harmonieux, dans l'écho de mon cœur ;
Voix mâle qui excite aux luttes héroïques
D'où, pareils aux lutteurs, dans les cirques antiques,
    On ne sort que mort ou vainqueur !

Eh bien ! ceignons nos reins comme de vaillants hommes ;
Il faut des bras puissants, dans les temps où nous somnes,
Pour porter dignement les armes du Très-Haut !
Sachons vaincre ou périr ; sainte et forte milice,
Courons, d'un pas égal, au triomphe, au supplice ;
    Héros ou martyrs, s'il le faut !

Les grands jours sont prochains ; au sein de la nuit sombre
On sent les éléments qui s'agitent dans l'ombre ;
L'esprit du Créateur plane encor sur les eaux ;
La matière bouillonne en secousses immenses,
Et du chaos des faits, du chaos des croyances,
    Vont jaillir des mondes nouveaux !

La nuit règne ici-bas ; mais vois les monts sublimes ;
Des feux mystérieux éclatent sur leurs cimes ;
Les gigantesques pics s'éclairent tour à tour ;
Il se fait dans les cieux, dans la nature entière,
Comme un frémissement de vie et de lumière,
    Symptôme précurseur du jour.

Des splendides lueurs de la divine aurore
L'horizon de nos temps par degrés se colore.
L'Eternel dit encore à la lumière : « Sois ! »
Gloire à sa providence incessamment féconde !
Il dit, il pense, il veut, et du néant le monde
    Surgit une seconde fois !

Et l'univers renait dans sa beauté première !
Viens, donnons-nous la main ; marchons vers la lumière
De l'obscure vallée où s'égarent nos pas
Montons vers les sommets pour y chercher la trace,
La main, le nom du Dieu par qui brille en l'espace,
    Le soleil qui ne s'éteint pas.

Ayons foi dans celui qui fait les grands miracles !
Défions les périls, défions les obstacles !
Nous vous traverserons, gouffres vertigineux !
Noirs rochers, monts géants, nous gravirons vos pentes
Torrents, nous dompterons vos ondes écumantes !
    Serpents, nous briserons vos nœuds !

Ossa, nous franchirons les masses colossales !
Nous vous disperserons, cohortes infernales,
Au nom de l'Eternel, du Dieu de vérité !
Nous marcherons au but malgré les cris funèbres,
Malgré les vents, les flots, l'angoisse et les ténébres,
    Dans l'orage et l'obscurité.

Levez-vous et venez, prophétes et poétes,
Rois, soldats et tribuns, et vous, foules muettes
Que guident ici-bas les esprits conducteurs ;
Penseurs toujours courbés sur l'éternel mystére,
Grands, petits, accourez des confins de la terre,
    Et marchons tous vers les hauteurs !

Ce soleil, dont l'éclat dore les noirs nuages ;
Cet astre qui rayonne au front des pics sauvages ;
De la création ce spectacle émouvant ;
Ces feux qui dans les cieux roulent comme des ondes,
C'est la splendeur de Dieu, du souverain des mondes,
    C'est le flambeau du Dieu vivant !

Saluez, saluez cette aurore nouvelle ;
Pour la seconde fois c'est Dieu qui se révèle
Sur les sommets brûlants d'un nouveau Sinaï !
Pour la seconde fois les nations émues
Entendent retentir, du sein des sombres nues,
    La parole d'Adonaï ;

La parole de paix, la parole de vie,
La parole qui porte à la terre ravie
Ton dogme lumineux, ô divine Unité !
Et condamnant partout les honteuses idoles,
Donne à l'humanité pour culte et pour symboles,
    L'amour et la fraternité.

J. Cohen

SONNET

AN MOÏSE LION.

Wie fühl' ich mich durch deinen Gruss geehrt:
Hier, Dichter, meine treue Bruderhand!
Ich kenne dich; uns eint ein geistig Band,
Das ewigfest wie sein Gewebe währt.

Es ist im Beten unser Herz gekehrt
Nach Zion hin, dem alten Vaterland;
Wir huld'gen nicht dem Flitter und dem Tand —
Die Bibel hat das Weben uns gelehrt.

Die Menschheit sind wir, wenn auch nur im Kleinen! —
Des Glaubens Zepter macht uns gross und stark;
Wir glauben, Freund, wenn Andre nur verneinen.

Ihr Wort bedünkt uns drum nur eitel Quark;
An Krücken geht's und nicht auf festen Beinen —
Ein Schattenwesen ohne Blut und Mark!

Louis Wihl

TRADUCTION (1)

Ton envoi me touche au plus profond du cœur :
Poëte, je te tends une main loyale, la main d'un ami !
Je te connais; nu lien spirituel nous unit fortement,
Car il est fortement tissé.

Notre cœur, dans la prière, se tourne vers Sion,
Vers Sion là-bas, notre antique patrie;
Nous n'adorons pas le clinquant et les hochets,
C'est dans la Bible que nous avons appris à tisser des vers.

Nous sommes en petit nombre et nous sommes l'humanité !
Le sceptre de la foi nous rend grands et forts ;
Nous croyons, ami, quand les autres nient.

Aussi leur parole ne nous paraît-elle que vanité ;
Elle marche avec des béquilles et non pas avec des jambes ;
C'est un fantôme qui n'a ni sang ni moëlle.

(1) Cette traduction est due à la plume de M. Pierre Mercier, l'élégant traducteur des *Hirondelles*, de Louis Wihl.

TABLES DES MATIÈRES.